*Para Isha*
*D.S.*

*Para Lin*
*G.B.*

*Tercera impresión, 1998*

*Texto © 1990 Dyan Sheldon*
*Ilustraciones © 1990 Gary Blythe*
*© 1993  Ediciones Ekaré*
*Edif. Banco del Libro. Av. Luis Roche*
*Altamira Sur. Caracas, Venezuela.*
*Todos los derechos reservados para la presente*
*edición en lengua castellana.*

*Título del original:* The Whales' Song
*Publicado originalmente por Hutchinson Children's Books,*
*una división de Random Century Group Ltd, Londres.*
*Traducción: Nelson Rivera*
*ISBN 980-257-139-3*
*Impreso en Singapore por Tien Wah Press, 1998*

# EL CANTO DE LAS BALLENAS

### Texto de Dyan Sheldon

### Ilustraciones de Gary Blythe

Ediciones Ekaré

Caracas

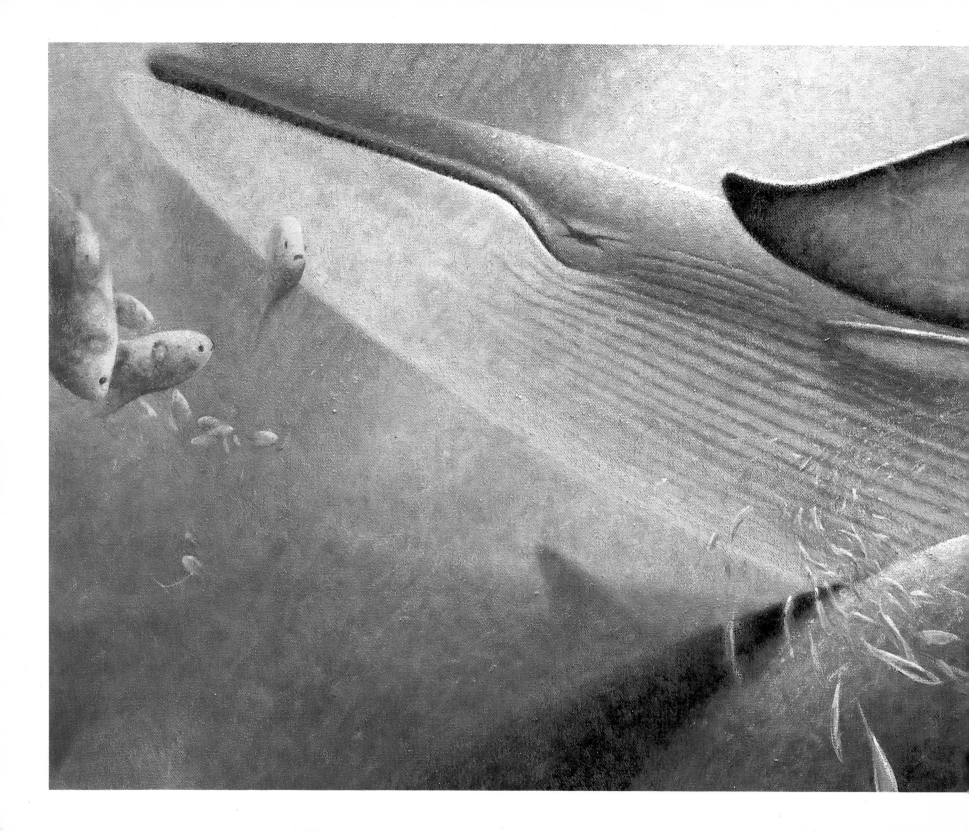

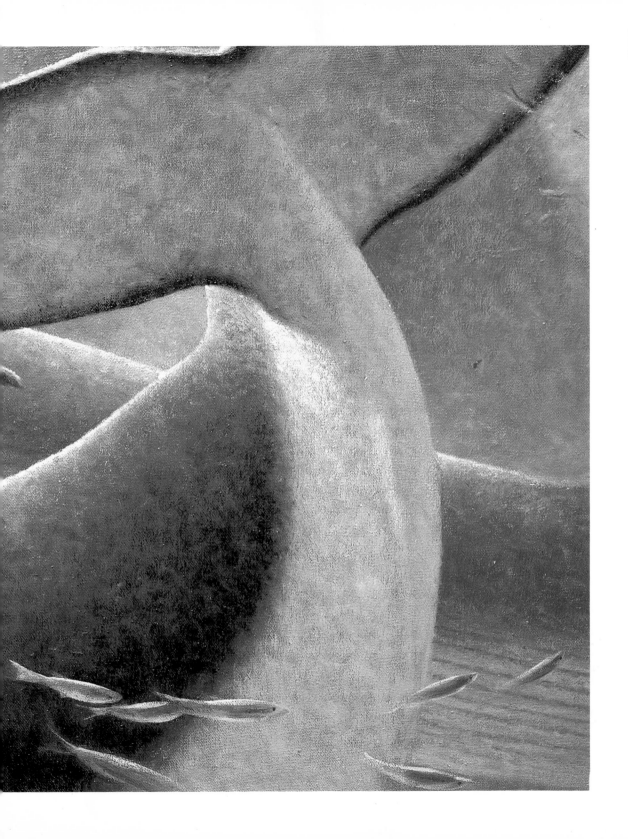

L a abuela de Lilly
le contó una historia.
—Alguna vez -dijo-, el
océano estuvo lleno
de ballenas. Eran tan
grandes como las colinas
y tan apacibles como
la luna. Eran las criaturas
más maravillosas
que puedas imaginar.

Lilly se acomodó
en las piernas de su abuela
y ella siguió contando:
—Yo acostumbraba sentarme
al final del muelle
a esperar a las ballenas.
Algunas veces, pasaba ahí
todo el día y toda la noche.
Súbitamente las veía venir
desde muy lejos nadando
hacia el muelle. Se
deslizaban por el agua
como si estuvieran
bailando.

—¿Pero cómo sabían las
ballenas que tú estabas allí,
Abuela? -preguntó Lilly-.
¿Cómo podían encontrarte?
La abuela sonrió.
—Bueno, tenías que
ofrecerles algo muy
especial. Un caracol
perfecto. O una hermosa
piedra. Y si tú
les agradabas, las ballenas
se llevaban tu regalo y
te daban algo a cambio.

—¿Qué te regalaban,
Abuela? -preguntó Lilly-.
¿Qué te ofrecían las
ballenas a ti?
La abuela suspiró.
—Una o dos veces -dijo
en voz baja-, una o dos
veces, las oí cantar.

De pronto, el tío Federico entró al salón.

—¿Qué tonterías andas diciendo? ¡Chocheras de vieja! -exclamó-. Las ballenas eran importantes por su carne, por sus huesos y por su grasa. Si vas a contarle algo a Lilly, cuéntale algo útil. Deja de llenarle la cabeza de necedades. Ballenas cantando, ¡verdaderamente!

La abuela continuó:
—Las ballenas vivían aquí
millones de años antes
de que existieran barcos y
ciudades. La gente solía
decir que las ballenas eran
mágicas.
—Lo que la gente hacía era
comérselas y cocinarlas
para obtener su grasa
-gruñó el tío Federico y
dando media vuelta, salió
al jardín.

Esa noche, Lilly soñó
con las ballenas. En sus
sueños, las vio tan grandes
como las colinas y más
azules que el cielo. En sus
sueños, las oyó cantar
y sus voces eran como el
viento. En sus sueños, las
ballenas saltaron del agua
y la llamaron por su
nombre.

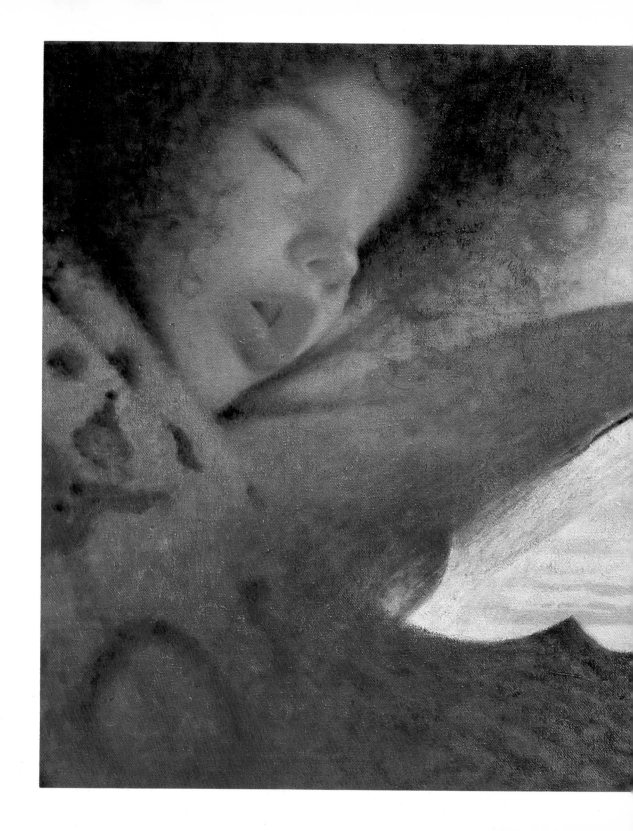

A la mañana siguiente,
Lilly bajó sola al mar.
Caminó hasta el final del
viejo muelle donde las
aguas estaban quietas.
Tomó de su bolsillo una flor
amarilla y la dejó caer.
—Esto es para ustedes -gritó
al aire.

*Lilly se sentó en el muelle
y esperó.
Esperó toda la mañana
y toda la tarde.
Entonces, a la hora
del crepúsculo, el tío
Federico bajó a buscarla.
—Basta ya de tonterías
-dijo-. Es hora de volver
a casa. No quiero que pases
el resto de tu vida soñando.*

*Esa noche, Lilly despertó
de golpe.
En la habitación brillaba
la luz de la luna. Se sentó
en la cama y escuchó. La
casa estaba en silencio.
Lilly se levantó y fue hasta
la ventana. Oyó algo
en la distancia, algo que
venía desde muy lejos.*

*Lilly corrió afuera y bajó
hasta el mar.
El corazón le latía
con fuerza cuando llegó
a la orilla.
Allí, inmensas en las aguas,
estaban las ballenas.
A la luz de la luna,
saltaban y giraban y su
canto llenaba la noche.
Lilly vio su flor amarilla
bailando sobre la espuma
del mar.*

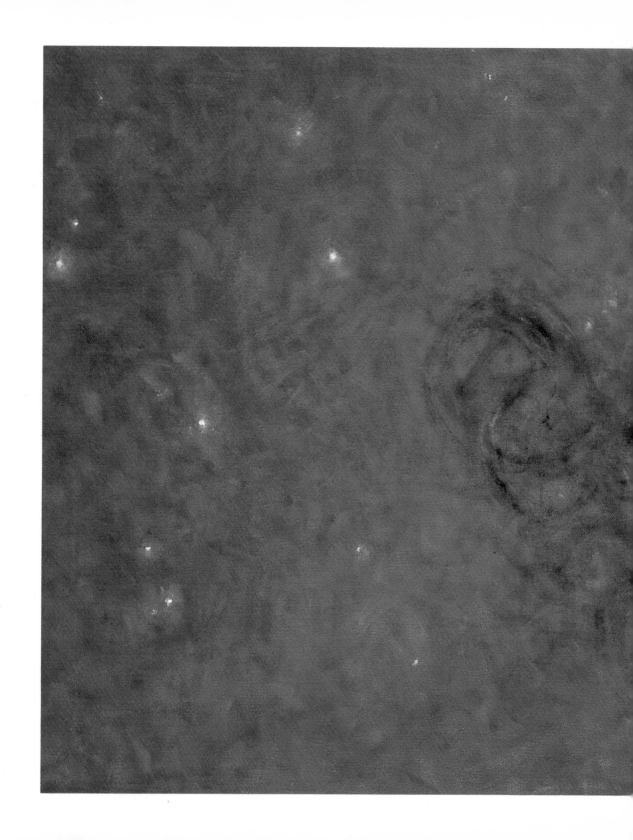

Pasaron minutos o quizás horas. De repente, Lilly sintió que la brisa rozaba su camisón, que el frío helaba sus pies, y tembló. Se frotó los ojos y el océano se calmó. La noche volvió a estar tranquila y silenciosa. Lilly pensó que había estado soñando. Se puso de pie y se dirigió hacia la casa. Entonces, desde lejos, desde muy lejos, en el susurro del viento, escuchó:

¡Lilly!

¡Lilly!

Las ballenas la estaban llamando.